Cheikh Ahmed Tidiane SY

Les pensées célestes : l'homme est devoirs

Poésie

2021

3

© 2021, Éditions MaaM
ISBN : 97978-2-491105-05-1
EAN : 9782491105051
Reproduction intégrale ou partielle interdite
Achevé d'imprimer en mars 2025
Dépôt légal mars 2025

Pour citer ce document

SY, Cheikh Ahmed Tidiane. (2021). *Les pensées célestes : l'homme est devoirs* [Poésie]. Dakar : Éditions MaaM, 48 p.

7

Préface

Pour une poésie aérienne !

À l'origine de la poésie, la versification relève du sacré, une éloquence inaliénable qui s'inscrit dans le mythe et les croyances. Elle est aussi la première expression littéraire de l'humanité. La poésie, qui vient d'un mot grec signifiant "création", est alors un chant universel qui se transmet par l'oralité. Tout discours, toute transmission, toute histoire est poésie car l'art narratif et la prose n'existent pas encore. C'est un art lyrique qui voit le jour dans toutes les civilisations fondatrices, en Égypte, en Mésopotamie, en Inde et en Asie. Inspiration des dieux, des héros et des muses dans l'antiquité grecque, elle s'inscrit durablement dans la culture occidentale.

"Ce n'est pas l'art mais une force divine qui leur inspire leurs vers", affirmait Platon pour parler des "aèdes", ces nomades du verbe qui racontaient les récits mythologiques en remontant jusqu'à la légende de la création du monde. Malgré ses multiples évolutions dans le temps et dans les cultures, la poésie reste un chant sacré qui cherche, par le langage, un rythme, une harmonie, une transcendance par les images, une exploration intérieure des mots.

La poésie de Cheikh Ahmed Tidiane Sy relève de toute cette histoire divine qui s'allie à la poésie contemporaine. Son verbe, rythmé par des rimes riches en assonances, cherche à sublimer l'histoire de l'humanité par une croyance tournée vers des augustes pensées qui doivent guider l'homme fait de devoirs.

> *Le monde évolue*
> *Et cette évolution voulue*
> *Ne doit pas faire oublier*
> *Á l'homme, ses devoirs résolus*

La structure esthétique de sa poésie va à l'essentiel, dans la simplicité du verbe, tout en produisant des images amples de symboles.

> *Devant l'adversité*
> *De la mort diamantée*
> *L'homme peut être*
> *Un droit : il est l'être*
> *Déterminé, l'être destiné*

La parole divine est au rendez-vous pour rappeler à l'être que la foi est avant tout humaine et qu'elle doit s'habiller de bonté.

> *Ni la guerre horrible*
> *Ni le népotisme terrible*
> *Á plus forte raison la haine méprisable*
> *Ne peuvent l'aider à être*

Cheikh Ahmed Tidiane Sy invite chacun à repenser le monde, à résister aux facilités, aux tentations assassines, aux frasques mensongères, pour retrouver la voie de la sagesse et du partage.

Il faut alors se débarrasser
Des utopies du faux
Et sans se harasser,
Cherchant la vraie sagesse
Aux multiples largesses

Au fond, on peut y lire une forme revisitée de nos valeurs africaines, celles du *Pulaaku* qui prône l'équité, la justice et l'humilité. Sans elles, point de salut !

Où est alors cher lecteur
Le droit humain
Si les mains
Ne resteront jamais tranquilles

On est ici dans l'essence d'un existentialisme salvateur pour rejouer la partition d'un monde qui est en train de se perdre dans les méandres de la cruauté. C'est une véritable invitation à la renaissance fidèle à notre authenticité inhérente à notre culture et à notre moi profond.

Le moteur de l'homme
C'est son cœur

Qu'il doit s'accoupler en chœur
Avec les données multi-formelles
De la société pluri-formelle

Et si la poésie était redevenue notre expression première ? Sans prose inutile, sans paroles mensongères ? Une force vitale qui redonnerait ses couleurs arc-en-ciel à nos vies dévoyées ? C'est en tout cas, ce bel espoir que nous souffle Cheikh Ahmed Tidiane Sy pour refonder nos mythes ancrés dans la beauté et dans le frisson poétique. Le poète rend ainsi le verbe intemporel sur les chemins escarpés de notre pensée qui ne demande qu'à revivre.

M. Amadou Elimane Kane
Ecrivain poète

I

Tout homme est devoirs
Un devoir familial
Un devoir social
Un devoir religieux et culturel
Bref un devoir d'être né libre
Sa liberté ne sera pas expressive
Que s'il comprend ces données suaves

Classé, numéroté
Il n'est plus un hominidé
Autonome qui peut se passer
De la société hélas insensée
Né naturellement libre
Puisque exempt de péchés
Il n'a pas le droit lugubre
De sacrifier sa vie passée

Honoré par Dieu
Par les anges fidèles
Par les mille lieux
De la naturelle belle
Son seul véritable Bien
C'est adorer le Souverain Bien
Et ce Souverain Bien immuable
Ne trouve son expression radicale
Que dans les paramètres inaliénables
Du Mohamétisme cordial

Ses parents
Ses enfants, ses femmes
Bref sa famille proche ou lointaine
Sont ses trésors
Plus précieux que l'or ;
Car avant d'être homme
Il fut une somme
Aux dimensions à peine
Sociales et culturelles
Mais devenu adulte
Il se transpose en une projection juste
Que balance le permis positif
Et l'interdit négatif

Une nouvelle dialectique
Transcende son essence existentielle
Mais pour que celui-ci soit
L'expression radicale
De sublimes lois
Il faut que l'homme
Ait le courage
D'interdire le mal
Et de récolter les fruits essentiels
Du souverain Bien légal

Tout ce processus déontologique
Ne peut se faire
Sans l'apport méthodique
De la pure dévotion
On ne peut détester le mal
Tout en pragmatisant ses animosités sales
Le seul devoir de l'homme, c'est d'aimer

Le Bien superbement rimé

Son éducation socioculturelle
Que lui inculque sa famille soudée
Est une de ses premières vertus
Car elle représente le bien-fondé
Soit sublime ou têtu
De son épanouissement affectif
Où est alors le droit juridictionnel
De l'homme, cet animal instinctif
Dominé par la barbarie
Et absolue hérésie ?

Il faut donc des barrières
Pour stopper ses obédiences meurtrières,
Pour humaines son penchant orgueilleux,
Pour socialiser son sensible gueux.
Alors les interdits de la religion
Les morales des civilisations
Sont là pour l'aider.
Et comme un dé
Au fur et à mesure qu'il s'imprègne
De bonne qualité
Son âme enchantée
Devient superbe trône

Seul le Bon Dieu
Sait harmonie sa vie
Indocile, sait magnifier son lit
Car l'homme est pressé.
De mille lieux
Qui l'emmurent

Il ne peut échapper, angoissé
Á son destin déjà tracé

Devant la problématique ambiguë
De la sociabilité, il faut qu'il rassure
Sa conscience aigüe;
Et ceci ne sera facilité
Que lorsqu'il provient par la bonté
Divine à fonder un foyer
A faire correctement ses loyers
Bref à s'humaniser
Avec l'appui rusé
De l'empire stoïque de la foi
Et de la raison mohamétique

Rien n'est plus précieux
Que de faire ses devoirs élogieux
De respecter son social
De se responsabiliser cordial... !
La famille devient alors la première déontologie
Magistrale de l'essence humaine ;
C'est par ses portes sereines
Que se forge la logique saine
De nos terribles épistémologies

Le culte du moi égoïste
Transcendé en alto-moi
Subtil, on devient l'en soi
De la société vaste
Où s'entremêlent
Qu'on le veuille ou non, pêle-mêle
Le permis constant.

Où est le droit
De l'homme maladroit
S'il n'a pas encore par la Grâce
Divine, rejoint les jardins suaves
De l'Eldorado grave ?
Éviter les transgressions dangereuses
Cultiver la lourde tâche
Du souverain Bien adroit
Telle est sa maxime générale.

L'homme est derechef
Un devoir élu
Par Dieu lui-même.
Il est une somme
De bienséance moulue
Ni la guerre horrible
Ni le népotisme terrible
Á plus forte raison la haine méprisable
Ne peuvent l'aider à être
Un être ravi ; celui qu'il doit être
Un être moralement apte
Aux données glissantes
Dues aux vicissitudes imprévues
De la société harassante

Le monde évolue
Et cette évolution voulue
Ne doit pas faire oublier
Á l'homme, ses devoirs résolus
Doit-il lier
Alors l'agréable à l'utile
Pour que ceux-ci soient

De superbes lois ?

Au-delà des considérations
Creuses qui aliènent sa civilisation
Son âme épurée
Davantage peut l'aider
Á surmonter les chicaneries
Les conneries, les âneries
De la société vidée
D'amours azurées

Il faut alors se débarrasser
Des utopies du faux
Et sans se harasser,
Cherchant la vraie sagesse
Aux multiples largesses
Le voici projeté
Dans l'agora céleste
Des mille dimensions infinies
Des mille grâces indéfinies
Du souverain Bien :
Dieu, la subtilité céleste

Pourra-t-il
Seulement syntoniser
Le sensible futile
Et l'intelligible rusé
Pour que sa vie chancelante
Soit piédestal fertile

De l'humanité maudite ?

II

Monde de cultures politiques
Sociales ; religieuses et éthiques
L'homme est hétéronome ;
S'il n'est pas autonome
C'est parce qu'il y a tant de choses
Inédites qui jalonnent
Sa route rose
Sa création lui est extérieure
Il ne peut être ailleurs
Que zoom politikom
Dont l'accès intérieur
Est souvent ferme

Sa liberté subjective
Transcendée en obédiences objectives
Le projette dans la société
Car il lui faut du travail
Franchir le portail
De la conjugalité
Et se responsabiliser davantage ;
Á ces avantages
Suprêmes s'ajoute l'éducation sainte
De la progéniture innocente

Où est alors cher lecteur
Le droit humain
Si les mains
Ne resteront jamais tranquilles
Parce qu'il faut manger, boire

Dormir, se vêtir, s'asseoir
Cherche l'ile
Éloquente de la gaieté fertile
Aux braves moniteurs ?

L'homme est toujours devoir
Tant qu'il vit
Du matin au soir
Il a des obligations
Toute sa vie
Est déterminée, classée, numérotée ;
Mais il ; peut dépasser ses dictées
S'il parvient à développer son intelligence

Ceci suppose la quête illimitée
De la perfection divine
Á laquelle ci-joint le respect
Et la pratique fine
Des jurisprudences saines
De l'Éternel Dieu
Parvenu à ce stade
Nul grief ni fait
Blâmable ne pourra ternir sa quiétude.

S'éloignant des transgressions insensées
Dues peut être aux manifestations
De la sociabilité déprimée
Il peut être primé
Par Dieu lui-même.
Sa somme jadis mal animée
Se transpose en extase rimée
La culture exponentielle

Du bien essentiel
Deviendra alors son unique baume

Calciné, ratatiné, malmené
Le mal se rognait
Ses correspondances naturellement bonnes
S'en va cogner ;
Désormais projeté
Dans la splendeur innée
De la bonté sereine
Il ne peut accepter
D'être un mobile aliéné
S'il se laisse aliéner
Il perd son humanisme radical
Et plus de cordialité cordiale
Ne viendra épanouir ses résolutions initiales

Pourtant où il se donne la tête
L'homme est une essence faite
De compromis juridiques
Il ne peut s'écarter
De sa destinée cosmique ;
Son existence balancée
Entre deux mondes dualistes
Lui le choix dualiste
Pour que ses suppositions édentées
Soient équilibrées
Condition sine qua non, sa vie libérée
Aux assauts répétés
Des fausses doctrines
Risque d'être ruine.

Mais il y a la grâce divinement infinie
De Dieu qui l'aide infiniment
Á retrouver son jardin d'antan ;
Autant il fait du bien, autant
Il se reproche
Du Bien-Fini
Des anges bénis
Sa vie peut gaiement
S'accommoder vers l'approche
Thématique de la déontologie fraiche.

Ceci suppose d'ouvrir le capot
Pour voir comment marche
Le moteur. Et ce boulot
N'est pas facile puisqu'il demande
Patience, attention et exécution rapide
Le moteur de l'homme
C'est son cœur
Qu'il doit s'accoupler en chœur
Avec les données multi-formelles
De la société pluri-formelle
Rose ou brune
Tout est dans cette société
Qui usure souvent l'homme
De sa vie liberté
En lui offrant une autre liberté
Incapable de se détendre
Vers le réel tendre
De la vérité diamantée.

O combien ambigu
La vie humaine

Faite d'angoisses aigües
Et de contingences irrésolues !
Mais l'espoir absolu
Est là en face de lui
Comme la pluie
Bienfaitrice et sereine
Cet espoir leste
C'est son labeur vaste
Qui fera étendre ses fruits doux
Ou bien il les rendra mous

Où est le bonheur
De l'homme si l'horreur
De la guerre le fascine
S'il valorise les interdits
Et rétrograde le permis ?
Un tel être féroce
Ne peut être un droit véloce ;
Il lui faut des lois fines
Pour qu'il épure son instinct brutal
Et harmonise son existence fatale !
Dieu sait ce qu'il fait
Il est le Droit, la Paix
Et nobles sont ses faits.

Devant l'adversité
De la mort diamantée
L'homme peut être
Un droit : il est l'être
Déterminé, l'être destiné
Á s'éduquer selon les préceptes innés
Et inaliénables du Souverain Dieu

Rien en ce monde pieux
Ne lui appartient
S'il tient
Vraiment à avoir la grâce
Divine qu'il tâche
De faire du bien légitime
Qu'il se débarrasse de l'illégitime
De la naissance
Jusqu'à la mort
Toutes ses licences
Sont des devoirs
Qui, de par ses déboires
Impliquent souvent le tort ;
Ses désirs, ses vouloirs
Sont des aprioris
Puisque seul Dieu
En sait le postériori
Ceci montre combien notre lien
Est obligation juridique
Combien notre vie chaotique
Appartient à la transcendance

Aimer le bien
Implique respecter ses devoirs chastes,
Appliquer ses règles célestes,
Développer le bien,
Sublime qui existe entre la patience
Et la suprême science.
Nul grief à se faire
Si l'homme sait se faire
Quand il le faut ;
Ça lui permet d'éviter le faux

En cultivant la béatitude linguistique
Des connaissances mohamétiques

Il ne peut avoir de paix durable
Tant que l'homme transgresse
Les lois divines
Tant qu'il agresse
Son existence fine.
Ses projections même adorables
Ne peuvent être sociables
Sans l'apport cordial
De l'éthique morale.

L'homme est un devoir
Il l'a toujours été
Et le sera éternellement
Tout en lui est vouloir
Car son maitre Dieu
Est pouvoir, éternité
Comment alors avoir la grâce
Divine infiniment
Loin des lieux
Instables de l'immonde lâche ?

Par le travail honnête
L'amour auguste
Pour la vérité constructive
Et la démocratie compétitive
Il peut atteindre les sommets
Sublimes, infinis
De la grâce indéfinie
De Dieu, l'éternel Béni.

Alors s'opère en lui
Un salto morale
De l'âme, qui humanisant l'instinct,
Du corps dévoilé
Le propulse dans les paramètres
O combien tendres
Du Souverain Bien distinct.

Une problématique est là
En face de lui : le diable sera-t-il las
De pousser son cœur vers l'impur
Au détriment du pur ?

III

La pureté n'est pas l'impureté
Puisque la première somme
Est incarnation céleste
Du Souverain Bien céleste
Tandis que la deuxième somme
Implique la déraison malveillante ;
Choisir la première, c'est un devoir catégorique
Choisir la deuxième est illogique.
Le devoir humain
C'est rendre sain
Son milieu malsain

Il peut le faire
Car le Coran est là
Pour guider ses pas scélérats
Tout lui est dicté
Par la sublime volonté
Manifeste du Bon Dieu
Choisir, construire
Telle est son affaire
Mais préférant détruire
Le bienfait
Il adule les méfaits.
Seul le retour vers les sources mûres
Du souverain Bien pur
Le sauvera de l'hécatombe
Car il a déjà creusé sa propre tombe.

Dès l'instant qu'il refuse

Le concept de devoir
Qu'il récuse
Son déterminisme juridique
Son âme jadis rose
Se laisse choir
Dans les profondeurs sadiques
De l'imbroglio paganiste
L'homme est triste, tristement triste
S'il n'a pas la grâce vaste
De Dieu, le suprême Souverain
Qui seul peut lui offrir le riverain
Splendide de la gaieté juste
Où est alors sa splendeur
Sa candeur, sa bonne humeur
S'il transgresse les lois divines
S'il prône le droit illégal
Au détriment du droit légal ?
Il est responsable
Et qui dit responsable
S'adresse au devoir impératif
Le devoir impératif
De l'homme, c'est d'adorer Dieu
D'aimer Dieu
De respecter ses lois inaliénables
En suivant les paramètres curables
De Seydina Mohamed Rassoulilah
Sans cela, il sera toujours ébahi
Par Satan le maudit

En prônant le droit créé
Par Lui-même, l'homme
Oublie son devoir agréé

Par le Seigneur Éternel
Dieu ; et le charnel
Illicite, attiré
Il empoisonne sa liberté sacrée.

Témoin de son impuissance dévoilée
Inlassablement devant Satan dévoilée ;
Il ne peut retrouver
Son jardin étoilé
Qu'en respectant ses devoirs moulés
Dans la jurisprudence nickelée
Du Coran inimitable
Aux sources inviolables

Dieu ne se trompant pas
On ne peut affirmer
Qu'il guide les pas
De l'homme vers le mal
Puisqu'il déteste le mal
Même et avertit la somme adamique
De son expression apocalyptique.
Ainsi, le chômage, les attentats-suicides
La sociabilité livide
Les guerres, les conflits socioculturels
N'est que l'essor capitaliste
De l'homme trop idéaliste
Car ce sont des données virtuelles
Qui peuvent disparaitre
Avec l'appui gracieux du Maitre
En ne supposant pas que l'homme, O sagesse
Veuille en faire des largesses

Où est le droit
Á qui appartient le droit ?
Sinon au Dieu Souverain
De l'univers illimité … !
Si l'homme veut vivre serein,
Entouré d bienséances diamantées
Il faut qu'il renonce
Au droit et qu'il s'enfonce
Davantage dans les obédiences éternelles
Du Mahométisme solennel ;
C'est là son véritable trésor
C'est là que git son essor.

Laissant son rêve pyramidal
D'élire le droit unilatéral
Au détriment du devoir légal
Dont l'arbre béni
Magnifie le nid
Pieux de la béatitude divine
Aux sources fines
Il peut se rendre uni
Aux sources suaves
De la sapientale suave
Nous voyons combien la vie humaine
Est devenue absurde
Quand on refuse de suivre les traces saines
De la jurisprudence limpide
Du Seigneur Dieu,
Combien nous détruisons les lieux
Sublimes de la terre tiède.
Á qui faisons-nous du mal ?
Á nous-même, visages pâles ;

Le cœur révulsé
Il ne reste plus qu'à s'élancer
Vers les paramètres sensés
De la sapienta soignée
Où coule le mahométisme inné

L'homme n'a derechef aucun droit
Aucun pouvoir ;
Il est un attribut
Divin et ses buts
Nobles ne peuvent être adroits
Sans l'apport ontologique
De la grâce inconditionnelle
De Dieu, le miséricordieux ;
Tout en lui est accessoire
Seul le Bien exceptionnel
Viendra éclaircir son tombeau ;
Sa richesse acquise
Loyalement ou inégalement
Périra éternellement
Seul le Souverain Bien
Inéluctable de la bonté
Qu'il faisait est à bénir
Car il peut servir mohamétique
Á combattre les animosités
De sa future humanité
Déjà sur la porte gueuse.

Les lois conventionnelles
Qu'il a abrogées
Sont les lois abrégées
Puisqu'elles ne peuvent pas

A tout instant guider ses pas
Vers la droiture exemplaire ;
Ceci montre pour qu'il ait
Une sociabilité salutaire
Faut-il hisser sur les ailes
Sublimes des obédiences sempiternelles
De la bonté divine
Et de sa sagesse divinement fine

L'homme est né aveugle
Pressé, empressé et laid.
Sans la lumière suprême
Il est une plaie
Ouverte au socle
Terrible de Satan le maudit
O céleste lit !
Prôner un quelconque droit social
Culturel ou philosophale
N'est jamais son obédience
Ni son droit ni son audience

La vérité, c'est la vérité
Rien en dehors de la vérité
Rien n'est plus vérité.
La vérité, c'est que le droit
Appartient à Dieu, le Pur
Le Souverain, le Sublime
Devant qui se prosterne adroit
Le savoir mûr.
L'homme est derechef un esclave
Divin dont le rêve
Est destiné à adorer

Son tombeau foiré

Parfait le droit divin
Seul habiliter à rendre
Grâce nos âmes dominées
Par la passion donnée
Du satanisme vilain ;
Mais préférant diriger
Ses ébats terribles
L'homme a dérangé
Son hominidé bien construit,
Où va-t-il chercher
La perfection céleste
Où se prélasse leste
Le Mahométisme indestructible ?
C'est bien de prendre
Le Bien et ses sources bénites
Et d'abandonner l'aguet
Endiablé du mal pourchassé

Estimer le droit
C'est adorer le droit
Aux yeux le chemin solennel
Qui mène droit
Au paradis éternel
Où coulent les jardins illimités
De la bienséance illimitée
De Dieu, l'Éternel

O Douceur sempiternelle
Encadrée dans le cœur exceptionnel
De la Tidianya chérifienne

Étalant sa légende marocaine
Au fond des audiences saoudiennes
Que guide le droit divin
Si chaste, si fin
Tel le droit, tel le devoir
Le premier adroit
Détermine le deuxième de tout de devoirs,
Fait, tout d'équité fait ;
De bienfaits en bienfaits
Le devoir adoucit la liberté
Brute de l'homme désappointé
Et le propulse dans les virtuoses
Limpides de l'existence rose

Du droit légalisé par Dieu
Le devoir des mille lieux
Poursuit l'homme.
Il est une somme
Essentielle dans son reçu.
Et quand il s'en débarrasse
Tout en lui, devient crasse.

Né pour accomplir des missions
Dont le but est d'annoncer
L'Unicité souveraine
De Dieu, il ne peut renoncer
Aux justes illuminations
Faites pour rendre vaines
Ses turpitudes malsaines
Le devoir aux sources mohamétiques
Est là : faut-il alors un salto morale
Un salto morale

Savamment méthodique
En vue de réussir la conversion
Sublime vers l'oasis soignée ?

IV

L'argent peut m'offrir
De la mangeaille à faire
Mais il ne peut m'offrir
La vraie foi, la foi sublime
Qui hisse l'âme
Éthique aux âmes
De la sagesse divine
Si finement fine
Et cette sagesse
Aux vastes largesses
Ne trouve son expression abstraite
Son expression concrète
Que dans l'application stricte
Du Souverain bien.

L'homme n'est pas un droit
Il ne le sera
Quand de par la grâce divine
Son âme choit
Dans les vastes dimensions fines
Du Paradis vert ;
Incapable de se connaitre
Dominé par l'instinct sinistre
Que sera
Ce demain lointain
Sans l'apport miséricordieux
Du bon Dieu audient ?
Où est alors sa liberté
Dites–le-moi, vous qui prônez

Le droit et ses riverains
Face à ses responsabilités
Judicieusement innées
L'homme n'a pas de liberté
Absolue à moins qu'il ne se déculpabilise
En dépassant les frontières lisses
Du raisonnable ordinairement élogieux.

Aucune arme, aucune ruse
Ne peut le libérer de ses devoirs divins ;
S'il les applique
Il se fait du bien à lui-même
S'il ne les applique
Pas, il blâme sa somme.
Ses audiences deviendront sérieuses
Quand sa foi juridique
Aura le dessus serein
Sur son instinct sadique

C'est absurde que d'affirmer
Que l'homme est un droit confirmé
Comme il est absurde
 De vouloir extirper le soleil limpide
Des vastes cieux rimés ;
Et même si l'homme
Est un droit ferme
Il a des problèmes
Pour l'appliquer strictement
Nous voyons combien son monde
Est immonde, combien assurément
Il sombre dans le paganisme

Dieu seul est droit Souverain
Il n'a besoin de personne
Tout le monde a besoin de ses grâces saines.
Et de la terre
Créateur des cieux sereins
Et de la terre paît
L'homme peut échapper
Á ses obédiences souveraines
Celui qui donne
Sans avoir besoin de recevoir
Est-il pareil
Á celui qui reçoit sans donner ?
L'homme est un appareil
Mortel destiné
Á faire de bonnes
Actions, à rendre sublimes
Ses correspondances brunes

Il est né pur
Et peut donc se débarrasser
De ses illusions rances
Car le mal impur
Qui fouette sa sociabilité
Moribonde est l'œuvre entêtée
De ses propres mains
Il a le pain
Béni du Souverain Dieu
Et tous les lieux
Où se niche le trésor
Lui sont ouverts
Le temps est son essor ;
Que veut l'homme

S'il n'est la somme
Juridique capable
De diriger son essence essentielle
Sans l'apport essentiel
De l'Éternel Allah
Aux sages noms
Dont le plus subtil est Ya Latif-Allah ?

Tant qu'il aura la propulsion
Du devoir sur le droit radical
Qui est d'obéir amical
Le Souverain Yahvé
L'homme restera toujours sur le pavé
Problématique des pulsions
Éternellement maudites
On voit combien est désordonnée
Son existence pourtant sainte ;
Le concept conceptuel
De droit appartient ponctuel
A notre Maitre unique
Dieu, qui nous facilitant la tâche,
Nous met en garde contre le mal lâche
Et nous promet la victoire du Bien catégorique
Car il a tout ordonné
Reste à nous de faire
O sagesse le nécessaire

Combien de générations intérieures
Englouties pour avoir nié
Le droit divin
Dont la beauté intérieure
Comme extérieure bonifie le lin

Soumis des dévots initiés
Aux sublimations mahométanes
C'est superbe que d'être
Dominé par l'astre
Inaliénable du Coran béni
Et de l'Islam uni !
La mort, elle-même, est une immatérialité
De l'existence humaine
Et la confirmation diamantée
Du verbe divin ;
Nos souffrances, nos peines
Peuvent être dignité
Si nous portons la soutane
Célestes des lois d'ascension
De Seydina Mohamed
Rassoulilah, notre solution
Á nos multiples problèmes ;
Alors notre existence si livide
Sera tiède
Et les grâces indéfinies
De Dieu viendront bénies
Amadouer nos cœurs désunis.

Obéissance est le résultat
D'un soumis est un soumis
N'a que des devoirs ;
L'homme est un soumis
De Dieu, il a été mis
Dans les conditions idéales
Lui permettant d'appliquer
Les règles cordiales
Du Souverain Éternel Allah.

Où est alors son droit
Puisqu'il ne sait pas
S'il vivra demain
Ou non, si ses mains
Pourront servir encore
S'il est droit
Ses immenses devoirs
Seront faciles
Á exécuter car aidé
Par l'infinie bonté divine
Sa volonté soudée
Aux sublimations fines
De l'esprit délecté
Se transpose en force dictée

Loin des simagrées fades
De la vie matérielle
Que talonne cruelle
La ruse sadique
De Satan, le déshonneur angélique
L'homme est ce vizir

Adulé par Dieu
Qu'il raffermit sa foi légale
Et tout loisir
Chérira ses désirs
Illimités ; il lui faut, o tiède !
Accepter toute obédience souveraine
Toute législation sereine
Émanant du Mahométisme vital
Bienséant, sociable, pieux
Le voilà humainement noble ;

Le mal étant ignoble
Il doit le combattre
L'éloigner de son existence, l'abattre

Son bonheur n'est pas dans la recherche
Inlassable du confort matériel
Ni dans les crèches
Fantasmagoriques de la science
Mais dans l'ascension dialectique
D'une fois islamique
Qui, bien élevée
Parviendra à fracasser la désobéissance
Punitive de Satan, le mal élevé.
Et cette quête exponentielle
Du Souverain Bien
Ne peut se faire en dehors
Des audiences mohamétiques
Car le sort
Humain est tracé
Sur ses bases magnifiées
Par la grâce simplifiée
De la volonté divine
Aux audiences sensées

Obéir aux règles divines
Ou se mire la beauté fine
De Seydina Mohamed Rassoulilah
Tel est notre salut.
Quoi de plus sublime, délicieux
Que d'avoir comme prophète
Mohamed, le Prophète des prophètes
O Éternel lit... !

V

Rien n'est gratuit
Tout est étui
Et chaque chose
Matérielle ou immatérielle
Dialectique ou spirituelle
Glorifie le Souverain Dieu
Rend hommage
Au Prophète Mohamed Ben Abdallah
Rien n'est las
Pour faire
Car c'est un devoir catégorique
Non pas voulu par Mohamed
Mais assisté par Dieu Lui-même
Ceci montre derechef
Que nous sommes des êtres déontologiques
Que nous sommes responsables
De nos actes compréhensibles.
Cette vie terrestre
N'est pas notre fief
Elle à disparaitre

De même que la feuille jaune
Par la nature toujours rajeunie
Notre vie s'en va, abrégée
Que nous soyons agrégés
Nous devons disparaitre
Que restera-t-il de nous alors
Le Bien ou le tort ?
Car seul dans mon tombeau

Personne ne viendra
S'acquérir de mon état subjectif
C'est pourquoi la vraie essence
Humaine et subjective
Mais elle reste incommunicable
Aux autres qui n'aperçoivent que le superlatif
Pris souvent comme réalité véritable
Nous avons la chance
D'avoir Mohamed comme Guide
Soyons alors limpides
Et le Coran si beau
Si réel, si essentiel
Dans toute existence humaine
Est là pour fortifier
Note foi saine
Qui dois-je défier
Donc, le mal livide

Tout être déterminé
Est un droit légitime
Il a des devoirs légitimes
Á faire, à appliquer strictement
Car appliquer superbement le droit divin
C'est chérir la droiture exponentielle
C'est suivre les lois essentielles
De Seydina Mohamed, le Prophète des
prophètes.
Tous nos cœurs
Doivent être en chœur
Pour saluer le droit inégalable
De Dieu qui vient adoucir notre foi faible
Donc la clarté viendra chérir

Nos manières de vivre ;
C'est pourquoi, même leste
Dans l'aisance
L'homme ne doit pas oublier ses allégeances
Juridiques, en somme, ses licences

Rien ne nous permet
D'affirmer que nous sommes
Des ayants-droits à la vie
Inconditionnellement. Notre vie
Est à Dieu, le Maitre Suprême
Qui n'a besoin
De personne, mais tout le monde a besoin
De lui, ceci montre combien notre existence
Est devoir, combien essence
Est mohamétique, sublime
Tant que nous n'aurons pas peur
De la mort ferme
Ou bien angoisses par la froideur
Glaciale de la misère
Nous ne pouvons jamais accéder
Aux éternelles lisières
De la béatitude divine
Qu'incarne la sagesse fardée
De jasmin paradinaque
De Seydina Mohamed, le souverain adamique

Si alors nous respectons le droit divin
Nos cœurs seront lins
Et toutes les portes bienséantes
De Dieu nous seront ouvertes
La vie sera splendide

Notre sociabilité resplendissante
Et Mohamed, de sa tombe sacrée
Á Médina aux roseraies diaprées
D'ardoises bénites
Sera satisfait
Et ces fidèles aussi satisfaits

Car seul le bien mahométan
Peut libérer notre liberté déontologique
Et ce bien sous-entend
La culture exceptionnelle
Des jurisprudences rituelles
De Dieu le Souverain unique
Toute notre existence
Est d'essence déterminée.
Qu'apporte l'homme venant
Visiter le monde soigne ?
Les mains crispées
Des bébés l'expriment
Et les bras tendus après le trépas
L'authentifie justement.
De sa tombe jaune ou brun
Il ne trouvera que le pas
De ses actions bénites ou dopées

Incapable des satisfaire ses besoins
Sans la grâce divine
De prendre soin
De son âme sereine
Où est le droit humain
Si ce n'est que tendre ses mains
En demandant l'aide inaltérable

Du Souverain Dieu, le miséricordieux
Aux sources insondables
Merci Dieu

La démocratie elle-même
N'est-elle pas le respect ferme
Du droit légitimé par Dieu
Et l'application ferme
Des devoirs légitimés par Dieu
Sans cela la liberté
De l'homme, esclave
De ses passions creuses
Sera toujours son impiété.

L'homme est un devoir
Comme le soir
Docile est sous l'ordre céleste
De Dieu l'éternel céleste
Mais il a la chance
D'avoir comme juriste prudence
Mohamed, l'islam, le Coran leste

Gloire et Louange à Dieu

FIN

Postface

www.ingramcontent.com/pod-product-compliance
Lightning Source LLC
Chambersburg PA
CBHW052338150726
47998CB00018B/2429